길이 흐르면 산을 만나 경전이 된다

정규범 시집

길이 흐르면 산을 만나 경전이 된다

달아실기획시집
12

달아실

일러두기

1. 본문에서 하단의)는 '단락 공백 기호'로 다음 쪽에서 한 연이 새로 시작한다는 표시임.
2. 보조 용언과 합성 명사의 띄어쓰기 등 본문의 맞춤법은 시인의 의도에 따른 것임.

시인의 말

일상적 언어에서 빠져나가는 뉘앙스를 소환시켜 생명을 불어넣는 길, 시대의 어둠을 보고 펜을 현재의 암흑에 담그며 써 내려가는 길, 어둠 속에서 아직 다가오지 않은 빛을 포착하는 언어들의 얼개를 짓는 길, 그 길을 따라 흐르려 했다.

동시대인으로서 자연(山)이 흘려주고 인간이 놓쳐버리는 비의(秘意)를 찾아내어 맑게 구워 보존하고 싶었다.

나의 詩, 나의 이 작은 부끄러움이 작은 것의 중함과 소외됨의 귀함과 어둠 속의 빛을 담아내어 물처럼 자연스레 흐르는 시를 나르는 날갯짓이 될 수 있기를 소망한다.

길이 흘러 마리아나 해구보다 깊은 심연의 산을 만나면 사유의 획은 스스로 자유로운 운필이 된다. 그 자유로운 획에 같은 파장으로 공명하는 누군가를 만난다는 것은 최고의 행운이다. 그 심연에서 마주하고 함께 가는 도반을 가진 사람은 깊은 산 하나를 얻은 자다.

이 지면의 길을 따라 무량하게 흐르다가 깊은 산 하나를 얻어 서로에게 어깨를 드리워 능선이 되고 준령을 이루는 연(緣)들이 늘어났으면 좋겠다. 길이 흐르면 산을 만나 경전이 되는 그 산에 파묻혀 빠져나오지 못하는 미아로 남고 싶다.

먼 나라 소식 안고 지구로 씻겨 내린 별들이 지상의 꽃 잔치를 펼치는 봄날은 더욱 황홀할 것이다.

2021년 봄
정규범

차례

2부. 사랑

4부. 성찰

5부. 귀결

동행

호흡마다
너의 언어가
나의 언어를 잇고
사랑으로 빛나거니
동행의 강
윤슬처럼 맑게
흐를지어다

장예령

화몽華夢

젊은 나무 서넛
여고생 또래의 구김 없는 자연색 걸음
내 앞으로 흘러와 가슴을 스치며 지나간다.
서툰 나의 날것은 천진한 머뭇거림만 불러 세우고
투박한 표정으로 꺼끌꺼끌하다.
적군과 대치하는 긴장된 장막,
시간은 어둠이 쌓인 경계와 대열에 갇히고
아니야! 아니야! 아니~야!
긍정하는 부정어는 콩알같이 튕겨 나가고
나는 숨 쉴 수 있는 틈만큼만 달아나고
복도 끝을 달려서 도서관을 지나고
빈 교실, 빈 사물함, 빈 서가를 지나서
관棺과 같은 책장에 작은 키를 숨긴다.
떨리는 숨결,
숨죽인 음계로 흐르는 고요,
창문을 열며 헤집고 밀려드는 흰 팔뚝,
출렁이며 스쳐왔던 손길 중에
나의 가슴 쓸어주는 빨간색 젊은 나무 보인다.
나의 헌신은 파란 손길에 녹는 숫눈,

법열하는 화몽華夢,
추녀 밑 풍경風磬에 매달린 이슬을
햇살이 떼고 있다.

우화

봄의 여린 목덜미처럼
그녀는 투명하다.

계절을 오롯이 담는 그녀는
푸른 생식生殖으로 영혼을 키운다.

회색이 투명으로 익어가는 몸,
잠의 수만큼 나비의 꿈은 영글어간다.

저 순결한 흰 집,
농축된 영혼이 고인 성역이다.

달빛이 문지방을 두드려 열 때
해탈은 이슬을 베어 물고
뼈 없는 짐승은 풍등이 된다.

완성을 향한 날갯짓
꿈의 소실점을 향하면
〉

탯줄 타고 쏟아지는 하얀 사리들
빈 고치 위로 낭자하다.

잃어버린 코드

나의 호흡은 늘 너의 중심을 향하지만
심장이 막혀 아프다.
시의 그릇은 뜨겁게 달아오르지만
길을 내주지 않는 요새, 길은 멀다.
현실이 책을 배신하지 않기를 소망한다.
낮과 밤의 교차 시간
삶이 가장 좋아하는 시간
맑은 어둠 속에서 사냥의 황금기는 열리듯
벼리고 비운 자연 속에 네가 보인다.
자연의 사랑을 놓치지 않는 한
시의 열매는 둥글게 화답해갈 것이다.
해와 달이 날마다 결혼하고
자연과 다빈치는 운필로 조응하니
시 밭의 꽃에게 나비는 바람 나르며 열매를 기른다.
사유와 생기를
낳고 기른 건 자연이어서
자취는 늘 자연이 낳는 비밀에 이어져 있다.
모나리자는 웃고 있는 걸까?
잃어버린 자연,

잃어버린 코드를 찾아 떠나는 다빈치를 응원하고 있다.

물 위를 걷기

물속의 언어
투명한 얼음을 통하여 읽습니다.
흐름과 정막을
얼음의 두께와 투명한 속살에
얼마나 잘 숨겼는지
나의 겨울은
수묵화의 붓으로 씌어갑니다.

옷이 두꺼워질수록
얼음은 수정처럼 맑아지고
물의 언어는 잘 읽히고
물의 소리는 고요합니다.

큰 강의 얼음에 숨겨진 소리는 한가롭고
얕은 시내의 얼음에 보이는 소리는 빠르지만
알 수 없었던 물방울의 지문은
겨울의 두께인 얼음 위에 설 때 깃털을 보이지요.

나의 겨울은

가장 큰 침묵을 감춘 황홀한 오르가슴,
거기 흘려 얼려진 땀들은 강으로 흘러서
물결에 숨겨온 은밀한 경계를 탐합니다.

겨울의 두께가 두꺼워질수록
얼음 속을 향한 탐욕은 커지고
수평을 담은 물의 깊이를 잴 수 있게 합니다.

언 물 위를 걸으면
물이 밤중에 몰래 숨겨둔 푸른 이야기가 튀어 오르고
물이 수천 번 그렸던 산그늘,
물이 수만 번 만졌던 강바람,
물이 수억 번 담아낸 별들의 눈물,
어우렁더우렁, 방울방울, 그렁그렁해집니다.

꾸리골* 진달래 초야

베틀봉 한적한 기슭 바위 틈새 연분홍 유두 부풀더니
초경의 흔적 여기저기 핑크빛 수를 놓는다.

가녀린 몸뚱어리 타고 수년간 차오른 산골의 정념이
저 다섯 갈래의 연분홍 팬티들 치켜 올렸구나!

수많은 이슬과 햇살로 다려 순한 빛 물들이고
폭풍 한설 몰려와 꿰매고 이어온 내밀한 살점들 사이로
물오른 처녀성이 담겼어라!

머잖아 바람과 새들과 별들이 농익은 주홍 물 다투어
탐하려니
연분홍 치마는 홀라당 벗겨질 일이다.

산야의 초야初夜는 거침이 없고 뿌려진 혈흔은 맑은 햇
살이 말리려니
짓무른 꽃자린 연초록 치마가 피어나리.

생의 피륙을 벗어 통째로 떨구는 오체투지는 이제 시작

되는 성숙한 생의 기록들,
　옥녀가 바치는 연서가 되리!

　내 시는 언제나
　부당골* 봄 언덕을 연분홍으로 물들이며 써 내려갈 수
있으려는가?

　햇살에 파이는 가슴속 발자국들 점점이.

　* 꾸리골: 무주군 베틀봉이라는 산골짜기
　* 부당골: 전북 무주군 부남면의 한 시골 마을

나의 하늘, 나의 길

나의 하늘은
내 키만큼 보이고 잴 수 있을 만큼 가둬지고
그 키보다 더 커 보이는 하늘은
실상은 같은 하늘
사람은 누구나 자기 이마를 볼 수 없고
볼 수 없는 이마에는 나눌 수 없는 하늘이 있다.

나의 이마에는
맑은 바람 섞여 성스러운 별의 기운 내리고
생명의 땅 내 스며들어 지구 밖 붉은 태양을 물들인다.

나는 그들의 언어를 뒤척일 뿐 삼킬 수 없다.
나는 그들의 그림자를 흉내 낼 뿐 그릴 수 없다.
나는 그들의 길들을 예측할 뿐 따를 수 없다.

달빛이 별의 눈물 담아 이슬로 내려오는 샐녘
별들이 하늘에 박혀 있어도 파래지는 하늘이 있고
태양이 바다에 누워 있어도 사위어지지 않는 바다가 있어
나는 그들을 사랑한다.
〉

나의 하늘, 이마 위에서는
키 위의 하늘과 이마 위의 하늘이 다르지 않고
나의 길, 오르막과 내리막에서는
같은 하나의 언덕으로 이어진 같은 길이라

서로 보며 다르다 하지 않는다.

가릉빈가의 시가詩架

　나의 잠은 여기 미명이고 하얀 여백이 펜을 부른다.
　부유하는 영혼은 오감을 당기고 종이는 펜을 세워 결을
받는다.

　율리우스의 서사는 녹슨 판금이 되었지만 사원의 말은
가릉빈가의 날갯짓에 오른다.
　시의 언문이 피륙을 펼치고 채광하는 언어들 영생을 찾
아 나선다.

　수레가 전쟁터를 누비기 전 태평한 백지에 시든 대화들
이 노닐었을 것이나
　제련된 언어, 핏기 도는 정수淨水는 영혼이 이긴 전리품
이다.

　둘이 경계로 나뉘면 하나의 낮과 두 개의 밤이 글의 방
에 소환되고
　바람 속의 사선斜線은 별의 이야기를 데려와 햇살로 풀
어내며 언어의 칸을 채워간다.
　〉

시위 당긴 가릉빈가의 화살은 불모의 사원에 말의 씨앗
뿌리고

　　향기로운 열매를 추수하는 펜은 벼린 촉끝에 영혼을 찍
어 빈칸에 수놓을 때

　　샐녘의 나래짓, 황홀경에 빠진다.

태동胎動

팔을 포개고 다리를 말면 자궁 속 유영은 요람,
호흡 한 겹에 온몸 출렁이며 우주의 해수면이 당겨온다.

외계가 하늘을 굴려 그 속 키우면
어둠이 빛을 모아 속의 구석구석을 데우고,
양수로 씻긴 원형질의 지느러미가 파릇해진다.

우주로 향하는 전파가 굵어지면
아침을 몰고 오는 새소리도 굵어지고,
전파로 탐지되는 소리의 파장에 호흡을 숨긴다.

탯줄이 전하는 외계는 빛을 채집하여 커가는 정글,
어른을 간직한 태아가 머무는 침실은 인류를 지탱한 우
주의 신전

자궁에서 모든 유전이 발아되고 맑게 고인 볕뉘 하나
꺼낼 때
다음 생은 맑게 빛나고 족族의 물결은 찬란한 맥을 이어
간다.
〉

선이 곡선을 회복하면 공간은 보드라워지는 법,
태곳적 씨앗은 곡선의 내면에서

빛이 전할 영혼을 정갈하게 키우고 있다.

봄비

하늘의 숨결 영접하는 바람
구름의 아들 낳아

늙은 세포 깨우고
먼 생을 하나로 이어
나뉨을 접착한다.

바위를 흙으로 살려
수묵에 초록의 생명 옷 입히니
옹벽 틈으로 숨통이 트이고

침묵의 지팡이에 새싹 돋고
아픔의 생채기에 새살 돋고
터지는 심장에 새피 돋는다.

봄비는 우주의 주기가 흘리는 땀

한생이 천하를 담는 중중무진重重無盡이고

봄의 신열로 앓는 대지의 몽정으로 흥건해진다.

피카소의 꿈

청년은 가난해서 얇은 걸음인데
몇 겹의 올가미로 여인이 씌운 누명은 두텁기만 하다.
친구들의 구명이 여인과 그 가솔을 벗겨 청년에게 입힌다.
골판지 위에서의 그림은 그렇게 시작되고 있다.

그림을 채우는 일은 안목을 찾는 일이어서
골판지 단면이 채워짐만큼 세상은 밝아진다.
그림이 완성되면서 안광도 밝게 빛나
친구들의 서명은 골판지의 이면까지 파고든다.
예술성을 검증하는 피카소의 눈매가 그림을 훑는다.
친구들이 서명한 무수한 틈 이면으로
덜 마른 물감이 배어나 폐지가 달라붙어
덧붙은 도화지를 떼어내면
그림 위로 밥풀과 찢어진 도화지 조각이 드러난다.
밥솥을 놓았던 자국까지 찍혀 있다니
정말 놀라울 불후의 역작이란다.
피카소의 사인을 따라 음영은 더욱 커지고 둥글게 빛난다.
여인의 정신이 도화지로 찢기고 밥솥이 생명무늬를 내면
예술 지도가 온전하게 완성된 거란다.
〉

예술의 귀결은 일생의 물음으로
동심원을 그리며 원점으로 회귀하고
피카소의 꿈은 골판지에 가득 차 넘쳐흐른다.

봄, 옹알이

샛강 버들이 솜털을 털어 겨울잠 깨우니
대기는 솜털의 떨림에 떠밀리고
산야의 표피는 대기의 입김에 말랑해진다.

겨우내 땅의 뿌리가 물의 뿌리인 서릿발에 오르내릴 때
마다
시소 타듯 오금 지리며 제 뿌리를 덩달아 오르내렸던
청보리도
푸른 옷고름을 살며시 헤치며 속이 무사한지 살펴본다.

동박새가 나목의 이곳에서 저곳으로 수없이 오가며 대
기를 덥히고 이으면
나무들은 핏줄 돌려가며 정신을 챙겨 와
동면기에 감춰뒀던 여린 눈을 끔뻑여본다.

평생 동안 흙을 만지고 구우며 조각한 어머니의 거룩한
손은
가슴팍이 허물도록 나이 든 아들을 보듬어 또다시 봄빛
으로 조각한다.
〉

복수초, 홍매 그리고 외양간 소 등을 타고 온 봄의 정령
들은
  봄의 선발대로 소환된 소임을 다하느라
  땅속의 봄 향기를 지상으로 컹컹대며 연신 뱉어낸다.

  터질 듯 탱탱한 봄의 젖멍울은 화사하게 부풀고
  산짐승의 가죽은 봄 햇살에 느슨한 하품을 품어내고
  봄 향기를 흡수하는 하늘과 땅도 덩달아 착해진다.

  인간들의 가학으로 혼수상태에 빠졌던 자연이 깨어나
  자신을 치유하여 봄의 성찬을 지상으로 베풀어낼 때
  자연, 그 어머니의 무너졌던 폐허는 인간들에겐 망각의
섬이 된다.

  봄의 자궁 속을 탐닉하기에 여념이 없는 인간은
  또다시 불효자로서 단물만 빨고 있다.

동행, 그 아름다운 순환 고리를 위하여

만났다 오늘,
서로의 땅에서 우리로 합쳐
하나의 가슴으로
숨이 멎는 그 시간을 토닥이며
이 순간이 전부가 된다.

지구별이 수십억 광년 돌고 또 돌아도
하나가 될 수 있는 건
너와 나,이기에 가능한 일이다.
서로의 뜨락에서 구웠던 청춘과 꿈의 결기는
숙성된 향기로 서로에게 스며들어
서로를 추슬러 빛이 된다.
설원의 땅 서릿발 들녘에서 홀로 견디는 가슴도
여기 옹골찬 혈육이 있어 식을 수는 없다.
끓는 피 포효하는 우정은
숙명의 천연天緣이 얽어놓은 사슬,
함께 직조된 사랑을 이고 갈 일이다.
섬과 섬을 이어주는 대양의 가슴이
우리를 녹여 채워주는 오늘

우리는 하나 된 영토요,

대양에 박혀 하늘로 빛나는 별이 된다.

마음의 주름은 사랑의 수면 위로 고요히 펴지고

너와 나 물결로 이어져 숨결마다 함께하니

천년의 동행, 모항으로 귀천歸川한다.

우리들의 언어는

조각되지 않은 시간의 얼굴,

그윽한 대양의 음조

장벽도 잠재우고 만남으로 영광을 그리는 문체,

너와 나의 문장이다.

호흡마다 너의 언어가 나의 언어를 잇고

세월은 고여 사랑으로 빛나려니

친구여! 동행의 순환 고리, 윤슬처럼 맑게 꿰어갈지어다.

에필로그 : 꿈

누에가 수 밤을 새우며 시어를 익히고 익혀
문장을 뽑아 글의 시렁을 엮는 꿈.

어릴 적 고향 뒷산
진달래가 수줍게 초야를 치르며 분분히 흩날리던 꿈.

물 위를 걸으며 물속의 이야기를 건져내던
내밀한 나의 하늘, 나의 길 위에
가릉빈가의 날갯짓,
잃어버린 시의 영토를 향해 솟아오릅니다.

지팡이에도 푸른 피 올리는 봄비 따라
맑은 물, 물의 시를 태몽하고
대지에 중중무진重重無盡 펼쳐지는 피카소의 몽유도
빼앗긴 거울에 낀 파란 녹 닦아내며
시의 뜨락에 띄우는 화몽華夢을 펼칩니다.

사랑

언제나 사랑은
모든 생명 결으로
낮게 흘러야
스며드는
것이라고

장예령

2부
사랑

모시

느리면 거칠고
빠르면 연하다.
적기에 베어야 한다.

가죽을 벗겨
물속에 숨을 죽이고
일광에 화를 녹이고
바람에 결을 누이고
저 생의 흙을 벗긴다.

너의 심줄을 만들고
이생에 핏줄을 내기 위해
이로 째고 무릎으로 감으면
나의 혀끝은 갈라지고 베이며
나의 이는 조각나야 했다.

무릎 살갗에 줄이 패이고
패인 줄 위에 너의 줄을 감는
나의 온몸은 너를 낳기 위한 도구이다.
〉

최적의 습도에 신전을 차려
가로 올 세로 올로
온기와 결을 나눠
사랑을 채워 너의 영토를 넓혀간다.

자연과 인간이 만나서
하나가 되는 장인의 땀과 혼
젊은 대기로 쉼 없이 흐르고 흐르다가
사랑, 너를 만나 이생을 건너면

풀은 풀이 아니고,
몸은 몸이 아니고,
결은 결이 아니고,

모시, 너 하나가 된다.

노을의 말

보랏빛 여명이 어둠을 물리면
하루치만큼 허락된 풍경을 받았다가
하늘과 땅이 어둠을 퍼 올릴 때가 되면
풍경에 그려놨던 사랑의 점선을 빼앗기게 됩니다.

수만 번 반복하는
태양과 바다의 일이라지만
헹궈지지 않는 그리움은
실타래처럼 더욱 단단히 뭉쳐만 갑니다.

그리움의 통점은
바싹 마른 혓바늘을 벌리어
어찌하지 못하는 핏덩이로
붉은 상사화를 토하게 만듭니다.

혀 속 달구어진 목구멍은
깊은 수렁의 바닷속으로
그리움의 뿌리를 밀어놓고 감추려 하지만
상흔 입은 바깥세상은 무량하게 물들어갑니다.
〉

지상의 곳곳으로 스며들며
피눈물로 번지는 저 색의 경계가
내가 흘린 연가의 흔적이라는
빛의 전언을

그대는 정녕 모르시나요?

규화목硅化木

세월이 걷는다.

향긋한 자성에 끌리어 내 안에 착상한
그대는 씨앗으로 눕는다.

들숨과 날숨의 숨길마다
그대, 가시처럼 눈을 틔우고
낙타초駱駝草로 내 혈맥을 찔러
뿌리를 뻗는다.

나를 통하여 세상을 호흡하는
그대를 품은 통증,
서로를 향해 온몸으로 번지는 행복한 신열이다.

서로에게 흡수되어
영혼의 나이테에 새긴 맹서
당신으로 인해 숨 쉴 수 있는 탯줄이 된다.

죽어서 영원을 살게 된

실핏줄까지 스며든 투명한 영혼,
태양을 끓인 햇살 담아
억겁의 풍장으로 빚어낸 돌,
우주의 무게를 가둔 사랑 나무.

안마사

손길이 그녀에게로 갈 때마다 알 수 없는 흔들림으로 묻어나오는 그녀의 감각이 슬퍼져요. 눈으로 볼 수는 없지만 대기의 떨림과 소리를 통해 그녀의 체온과 영혼이 전해져요. 촉촉해진 눈가에 하나둘 수정구슬 쌓다가 폭포수로 떨구네요. 들썩이는 어깨엔 흐느낌이 부풀고 담요는 흥건해져요. 내 손끝과 달팽이관은 그녀를 훑고 있어요. 그녀는 참을 수 없는 격랑에 무너져 내리고 흘러나가요. 밖에서 흘러오는 아픈 강물이 이쪽으로 넘치고 나는 칠 년 전 푸른 강으로 휩쓸려가요.

그 강엔 맑고 온전한 첫사랑의 출렁임이 생경하게 남아 있어요. 생일 케이크와 꽃다발을 안고 그녀에게로 가는 길, 날리는 함박눈은 그녀의 목덜미처럼 깨끗하고 장미향은 그녀의 눈망울처럼 매혹적이어요. 눈 쌓인 맨홀 뚜껑 위에서 미끄러지는 순간마저 예쁜 그녀의 보조개가 떠올라요. 순도 높은 사랑이 정지된 시간 안에서도 온전히 살아 있어요. 부러진 장미 가지가 내 눈의 화살이어요. 화살은 내 눈을 과녁 삼아 첫사랑을 붉게 밀봉해요. 봉인된 눈으로 그녀를 본다는 것은 악몽이어요. 나는 스스로를 유폐하고 그녀는 나로부터 강제로 유배돼요.

오늘 가슴에 흐르던 무심의 강을 흐르다가 유폐된 칠년의 강을 만났지만 이번엔 그녀가 스스로를 유폐시키고 나는 강제로 여기에 유배된 섬으로 남게 되네요. 우리는 언제 또다시 잠시라도 이 섬에서 함께 머물 수 있을까요? 이젠 울지 않을래요. 나의 막힌 눈 둔덕에 붉은 샘 치솟으면 그녀는 완전히 녹아 사라질 거여요. 사랑이 늙지 않고 여울목에 영원히 살아 있음에 마음 누일래요. 그리움이 짓물러 농이 흘러날 때면 언제든지 찾아올 샘터가 있고 거기에는 지지 않는 붉은 장미가 항상 피어나고 있을 테니까요.

우리

알 수 없는 시원이지만
수만겹 옷깃이 닳아
너와 나를 풀어냅니다.

신비한 우주 속 맑은 별로
하나둘 어둠의 껍질 벗겨내고 다가와
서로를 누일 곳을 찾습니다.

너를 담는 건
우주의 전부를 얻는 숭엄한 월경,
실존의 바탕입니다.

뿌리가
지하의 어둠 속에서 자갈을 타고 넘어도
진솔과 정성을 거르고 취하는 우리는

순한 사랑을 키우고
한생을 심연 깊이 키우다가
또 한생의 징검다리를 건너면
〉

영겁으로
영혼은 하나 된 맑은 물로 흐르고
청량한 바람으로 걸림 없이 흐를 테니

세상의 주인으로서
영원히 하나 된 너와 나,
언제까지나 사랑과 영광의 도반입니다.

연인

빛을
화폭에 옮겨
세월에 담긴 상처를 치유한다.

시선의 허구에 속은
실체를 찾아 되돌리는
색의 연금술,

마음의 천을 우주로 펼쳐
허공과 평면에
빛의 줄기로 색을 키우면

소리는 발묵되어 너를 그린다.

여기를 그리되
눈은 저 먼 곳,
보이지 않음을 향하고

손 끝에 빛을 잃으면 색은 소리를 잃는다.
〉

구상과 추상이
하나의 천에 놓이고
빛과 색이 만나 존재를 이루면

너의 빛은 나의 색,

너를 허공으로 당길 때
나는 현絃이 되어

빛의 소리 따듯이 너에게로 떨린다.

독감

생은 여기 출렁이고
책장 속에 숨은 시계는 돌고 돈다.
기침은 누운 잠을 깨워 한생을 세우고
옆집 노파의 잔기침도 지친 생을 다독인다.

기침은 적막 속에서 커져
그의 세계를 찾아서 온 생을 들썩이며 어둠을 태우려
하고
동공을 타고 허리를 자르며 항문을 조여간다.

시간을 장송하는 대기는
먼 생을 끓여 현재를 살리는 매듭,
놓을수록 부여잡는 호흡은 질기다.

기침은 폐부에 가시를 박고
여인들의 순환 반점을 구워내는 행위,
박힌 가시들을 또다시 불러낸다.

홀레한 벌레들이 쌓인 퇴주잔,

마른기침에 무너지는 생의 잔해들,
시간에 기생한 상흔들이다.

기침이 멎으면
시간은 두께를 넓혀 방벽을 쌓지만
생이 있는 한 기침은 각혈을 향한다.

태엽이 다시 감기면
기침은 마디 하나를 기어코 더 키워낼 것이다.

본本

　폐지를 줍는 것은 나무를 염殮하는 의식,
　뿌리에 담겼던 생의 흔적들까지 추슬러 다음 생으로 데
려가는 장례이다.

　유해를 수습하는 노인의 거룩에 어찌 가벼이 눈길을 얹
으랴!
　자신과 비슷한 이력의 폐지를 거두는 저 손길은 피안의
다리다.

　땀방울로 쌓아올린 저 탑신은 가난한 성자의 영혼이 깃
드는 곳,
　달리던 차는 멈추고 리어카 할아버지 손등에 경배를 올
려야 한다.

　생은 그렇게 서로를 이어내 뿌리를 살리는 것,
　생의 순환을 용접하는 장인匠人의 저 땀방울은 참세상
을 잇는 마중물이다.

　이생에서의 소임 다하느라 잘리고 구겨진 삭신에 다시

싱싱한 피 퍼지고

　전생의 낡은 땀 내음으로 뿌리가 돋아날 때

　낡고 헤진 것들은 다시 푸른 생명을 꿈꾸어도 좋을 것이다.

　멈춤으로 결을 준 저 등 굽은 성자는 햇살 튕기며 대지를 덥히어가고

　두 줄로 수행하는 리어카 바퀴는 골목길 잔해들 깨끗이 거두어가는데,

　나는 흘러간 생을 몇 개나 추슬러갈 수 있을까?

　구겨진 독기를 헹구어 새 생명 낳는 저 땀의 용접,

　한 땀 한 땀이 내 마음을 잇는 본을 뜨고 있다.

심줄

그윽한 호수 표면 위로 솟아오르려는 너,
수중의 바닥까지 몸짓 눌러
뿌리 내려야 한다.

물속의 사건에 연루되지 않고
수달의 이빨 이겨내고 새순 틔울 때
초록은 튼실하게 깃들 것이다.

하늘을 온전히 담은 곳 찾아 태양의 순정한 그림자를
벗기고
별과 달이 몸을 씻는 곳에서 가장 맑은 소리를 줍는 일
로서
수초의 떨림 오롯이 받아들여 너를 길러내야 하는 나의
호수는
너의 영혼이 숨 쉬는 터전

나의 아픈 이齒인 네가 내 속을 아무리 후빈다 한들
너의 흔들림 따라 같이 흔들려야 하는 자궁인 나,
너를 심어 너로 살아내야 하는 목숨 줄, 부모
〉

오늘도 심줄이 아리게 당긴다.

햇살과 바람과 비의 언어

햇볕으로 누빈 란제리 불타버리면
사랑의 피부가 보드라워진다.

새들은 띄엄띄엄 줄을 서서
한 땀 한 땀 여명을 불러오고
바람은 길을 펴 제자리를 찾는다.

길 없는 백지에 문자는 점으로 길을 쌓고
문장은 징으로 잘린 피륙에 두께를 더한다.
푸른 옷을 두른 살결은 영글어가며 잘 익은 육즙을 채
운다.
바람은 사각을 지워 원을 모으고 촉촉한 숨길로 빛을
들인다.

생이 가늘어지는 것은 햇빛이 스며드는 것
바람을 숨긴 빗줄기의 가뭇없는 내력으로
빛과 사랑과 빗물의 언어가 동행한다.

사랑의 습기가 바람과 부딪혀 비가 되면

대지의 가슴팍은 뭇 생명을 품어 기른다.

햇살을 찾아 점이 된 사랑이 모여 선線을 이루면
빛은 형태를 낳고
비가 감싼 바람의 속곳에 비릿한 언어가 이룬 문장이
뜨겁다.

자연에서 얻는 언어는 보드라운 사랑을 낳는다.

각질

각질을 벗긴다.
흰 비늘처럼 죽음들이 추락한다.

죽는 날까지
온몸 짓누른 무게와 오욕을 견뎠을
충복의 임종이다.

나 하나를 위하여
평생의 오욕을 뒤집어쓴 각질,
어머니 각질이다.

어머니를 빼내서 만든 나,
세상을 겁 없이 누빈 나를 위해
각질은 소리 없이 일생 동안 소신공양이다.

내 각질 다 떨어진 날
나는 또 어머니의 비늘로 찾아가
평생의 죄인이 될 것이다.
〉

산 것과 죽은 것
나누고 벼리면
제일 먼저 보이는 게 각질이다.

바람을 숨긴 사선斜線에 물들며

비가 대지에 내릴 때는
사선斜線에 바람이 숨어 있다.
떠도는 수분에게 터전을 마련하는 바람의 소신燒身이다.

모든 영혼에는 떠도는 바람이 있는 법,
한생의 정착에는 내면의 깎임을 요구한다.

벽공을 닦아 천국의 문 보여도
발길 들이지 않고 낮은 곳으로만 스미는 게
바람에서 배운 비의 사랑 법칙,

너 태어난 시원에서 아래로 흐를 때
나 이생의 이력으로 너에게 가 젖으려니
함께 흘러서 녹슬지 말아야겠다.

갈대 같은 철 핀들로
대지의 북 두드리고 뇌리를 쑤셔대는 것은
미명의 두피 벗겨내라는 빗속 바람의 말
〉

낮은 겸손이 누대累代를 이루어
깊은 뿌리로 흐르는 물을 만나면
지친 영혼 씻어준 너의 흔적인 줄 알겠다.

비가 수묵으로 사선을 칠 때 바람은 속삭인다.
언제나 사랑은
모든 생명 곁으로 낮게 흘러야 스며드는 것이라고.

눅눅한 서풍이 불어오는 날 눈을 감고 은유하라.
바람과 비에 담긴 너의 물집에 물들 수 있도록.

항구

지친 영혼들이 찾아드는 도심의 항구,
삶의 질퍽임을 뒤로 하고
허공에 닻을 내린 채
암수 짝하여 허락된 선적항에 정박한다.
열락의 항구에 생의 짐 부리고
또 다른 항해를 위해 돛을 펼치면
칸칸의 항로에선 뱃고동 소리 드높게 퍼진다.
허공의 원초적 누각에 부딪혀
갈 길 잃은 난파선이 되어도 좋다.
층마다 나뉜 좌표도 찰나,
아침이면 현실의 항로에서 사투를 벌여야 한다.
내밀한 춤판이 허여된 이 심해에서
황홀한 성취를 건져내는 말초적 변주 끝내고
각자의 이물을 돌려야 하는
불문의 율법에 순응하라.
어둠으로 연막되고 용서되는 바다에서
본능이 가리키는 좌표 따라 항해하는 이 항로는
태초 이래 인류에 유전되어온 해로,
퇴로가 차단된 관능이 속곳으로 뻗어 있다.

뜨거운 이 항로가 있었기에
지구촌 부족들은 평화를 이어올 수 있었고
너의 유전도 이 질긴 항로에 닿아 있다.

밀폐된 항구는 여전히 인류의 환풍구다.
각자의 원적지를 떠나서 머무르는 소도蘇塗에
비릿한 생의 개수대는 아늑하고
끈적이는 타액은 바다의 독소를 삭히고 있다.

에필로그 : 사랑

내리는 비는 바람을 품어 사선斜線을 그리며
고국에서 먼 이국의 영토로 이은
사랑의 향수를 일깨웁니다.

열사의 땅에서
수억 년 죽고 또 죽어도
사랑의 알갱이는 더욱 단단히 여물어갈 뿐
노모의 무릎에 새겨진 사랑의 금줄을 어찌 끊을 수가
있겠습니까?

규화목은 허투루 모습을 드러내지 않고
모시의 직조된 피륙은 사랑의 뜨거운 눈물이 아니면 이
을 수 없는 것이라고
노을은 저토록 붉게 목울대를 부풀려 대지를 물들이며
사랑의 말을 전하려 합니다.

자궁 속 아픈 이가
자라날수록 살갗을 에지만
햇살과 바람과 비의 언어는

사랑으로 문드러진 어미의 각질을 감싸 토닥여줍니다.

남몰래 간직한 맹인 안마사의 유폐된 사랑은
일순간 하나 된 여울목을 키우고 있고
빛의 소리로 떨리는 현,
서로에게 스밀 수 있는 우리는
맑은 별처럼 어둠의 껍질을 벗겨내고 다가오는 연인입
니다.

모두가 잠들어 있어도
자연이 말해주고
풀어주는 사랑 이야기를
늘 맑게 주워 나르렵니다.

여정

비움 안에
빛을 채운
색의 자유

종이에 솔내를
걸아내고
색을 버리는
순례를 떠나야 하네

장예령

시간의 성찬

시간을 먹고
시침時針에 사는 시계를 지고
상처 난 걸음들이 돌고 돈다.
사람의 걸음은
神이 허여한 몇 원의 거리만큼
바람에 지불한 돈의 길이로 이어진다.
시계로 맥박을 재는 물길은
하염없이 대기를 섞어 이어가며
유리 속 우주를 들여다본다.
성층권 안팎으로 행성은 서로
촉수 세워 교신하여 사랑의 주파를 추적해내고
빛으로 짐작을 잰다.
파도는 모래톱에 이를 박으며
지난여름의 흔적을 애써 지우는 행렬로 출렁이고
별들은 초롱초롱 눈물을 낙점하여
검은 바다의 등대가 된다.
생의 순환은
두텁게 껴입은 시간으로 덧칠해지고
바람의 등에 시간을 베껴 간다.

이제는 유물이 된 시간의 녹을 닦아내
빛의 비문을 여는 출구의 시간이다.
깨어난 시침時針은
지상 최고의 황홀한 성찬으로
새로운 생명을 세워 영광을 밝히며
맑은 시간 구워 내는 궤도로 달려야 한다.

발의 여정

앞사람의 뒤꿈치가 뒷사람을 이끈다.

어느 전생을 떠돌다
이 길을 걷고 있는가?
눈 쌓인 돌길, 걷고 또 걸어야 한다.

넘어지고 깨어져도 일어나
걸어감에 필요한 지팡이는
과거와 현재, 미래를 끊어낼 마음의 칼,

생의 해탈을 기도하며 자신을 찾아가는 나는
어디에 있고,
또 어디로 가는 것인가?

출가, 세속의 머리를 자른다.
떨어져 지켜보는 아비의 합장에 고이는 눈물,
가슴속 텅 빔을 만드는
아픔은 소리가 깊다.
〉

누나의 길은 서른둘, 차도에서 막혔고
형의 길은 서른, 연탄가스에서 끊겼다.
누나의 뒤꿈치가 동생을 이끈다.

어디에, 누구와 있든
좁은 길, 넓은 길이든
살아가는 이생은 순렛길이다.

완성은 사라져가는 길,
이별은 만남을 매듭짓는 길,
미완의 여정은 끝이 없다.

단색화

시간이 만들어낸 공력,
손맛이 쌓은 색의 난장亂場
평면에서 잃었던 촉감을 소환한다.

무명성無明性,
할 말은 많으나 은폐하고 덮어서
비워야 한다.

기왕의 색을 비우면 내면의 색이 드러나고
마음을 구우면 참나의 숨결이 살아나고
더께 낀 아상은 사라진다.

비움으로 빛을 채우는 색의 적요寂寥,
층을 이루고 공간을 이룬 속세를 깎아내
치성을 바치는 몸 공貢이다.

네가 거쳐 간 흔적들 켜켜이 쌓인 곳에
너의 영혼 또렷이 일어서지만

만상에서 색을 비우고 순례를 떠나야 한다.

붉은 피, 그녀

피는 폭포수, 뜨겁게 솟구친다.
아름다운 선홍색, 터질 듯한 생명력의 총체로
동물과 식물의 몸속을 타고 흐르지만
식물의 붉은 피다.
우리는 식물이지 못한 식물의 덧니일 뿐,
그녀는 붉다.
식물과 나에게로 그녀는 붉게 흐른다.
말갛게 달여진 칸나 향기로 붉게 스며드는 존재,
그녀는 나의 체액이 되고
내 영혼은 그 수분으로 생존한다.
그녀의 피가 나의 피로 솟구쳐 내가 살 수 있는 것,
나의 혈기는 그로써 기능을 꾸린다.
꽃들의 사색思索으로도 그녀를 그리지 못하는
맑은 피 그녀, 체화된 나일 뿐이다.
언어는 탈색된 무늬, 짐작된 흔적
내 사랑의 표현은 태생적 한계를 지닌 원죄,
피로써 폭발할 수밖에 없다.
덧씌움을 벗고 날것으로 달려가는 것,
온전한 그녀의 집에 이르는 방법이다.

식물은 다양한 모습, 많은 그림을 보여주지만
모두가 하나의 구애.
온 우주가 각자의 역할을 다하여 그녀에게 다가서지만
모두가 하나의 장식裝飾이요, 수사修辭.
완성을 향하는 그녀는
나를 피우는 붉은 피, 내게로 흐른다.

계단론

내밀한 궁전에서 내리는 순간이
계단의 시작,
태초부터 내리고 오르는 흐름과
물로서 흐르고 채우는 이룸을
자궁 속 유영에서 배운다.

계단은 길로 이어져 있고
높이로 비어 있으니
세상은 무한으로 텅 빈 계단이다.

한 계단 오르면 한 계단 내려야 하는
생의 사개맞춤에서
나무 계단, 돌 계단, 물 계단으로
비추는 햇살과 스미는 바람을
지고 오르고 비우고 내려야 한다.

산과 산들도 서로에게 어깨를 내어주어
계단을 이루고
사람과 사람도 가슴을 내어주어

계단을 이룬다.

올리는 채움은 내리는 비움의 등식,
자궁 속 계단에서 내려와 하늘을 만나고
본래로 돌아가는 삶,
나도 누군가의 계단일 뿐
내어주고 빈손으로 가야 한다.

멈춰서 본 풍경은 계단의 일부,
시간은 가공되지 않아 끝없이 흐를 수 있다.

방짜 유기장

  생은
  녹이고 두드리고 늘리고 깎아 혼의 터를 빚는 일,
  수억 년 어둠이 숨긴 빛의 광맥을 수천 도의 화염으로
끌어내는 일,
  불구덩이 속에서 수만 번 함께 죽어 서로 비우고 채워
서 하나가 되는 일이다.

  주물이 수만 번 매를 맞고 물속으로 투신하는 것은
  나를 죽여 너를 살리는 길,
  정직한 재질과 강인한 연단鍊鍛이 손잡고 세월 걸러 맑
은 빛 만나러 가는 길,
  더께 낀 손바닥과 가루로 부서진 어깨와 땀의 진액만이
나눌 수 있는 대화 길이다.

  천년의 황금 비율*을 찾아 혼으로 빚는 저 색광은
  두께가 순결하고 넓이가 정직해야
  영생하여 깨지지 않고 득음하여 끊이지 않는다.

  바둑*이

수백 번 우김질* 당하고
수천 번 닥침질* 당하고
수만 번 벼름질* 당하고

황금빛 생명을 내어주는 것은
비급을 허락하는 신들의 감동이다.

그 그릇에 부패가 담길 수 없고
그 악기에 탁음이 끼일 수 없으며
그 수저에 독소가 얹힐 수 없으니
쇳덩어리로 빛과 소리를 굽는 장인의 저 땀방울이 푸른
詩語다.

내 영혼과 언어를 추출해내어
시의 용광로 속에서 한 몸으로 녹이고
수만 번 두드리고 벼리고 절이고 깎이면
시 종지 하나 맑은 빛으로 나올 수 있을까?

시의 황금 비율 찾아 오늘도 나는 헤맨다.

* 황금 비율: 방짜 유기 제조 시 구리와 주석의 비율(78:22).
* 바둑: 방짜 유기의 재료가 되는 금속 괴로 구리와 주석 물을 78:22의 비율로 녹여 만든다.
* 우김질: 넴핌(바둑을 가열하여 늘리는 작업을 반복하여 가장자리를 정리하는 작업) 작업을 끝낸 바둑에 가열과 매질을 반복해 형태를 만들어가는 작업 과정.
* 닥침질: 우김질한 바둑을 U자형의 그릇 모양을 여러 개 겹쳐 하나씩 떼어내는 작업을 냄질이라 하는데 여기서 꺼내진 각각을 우개리라 하고 이 우개리를 불에 구어 바로잡는 작업으로 닥침망치로 6명이 잡아 닥치고 바닥을 문지르는 작업을 말한다.
* 벼름질: 찬물에 담금질한 기물을 바른 형태로 잡아주는 작업.

생의 연대기

비가 많이 내린 날
산사 한 귀퉁이 돌아가보면
하늘에서 씻겨 떨어져 내린
별들이 풀잎 위에 피어 있을지 모른다.
시간이 남긴 흔적들은
빛의 산란으로 하늘의 낯을 가리고
빛이 사라진 하늘에는
잠자던 성좌들이 비밀처럼 살아나온다.
빛의 사라짐이 불러낸 달빛이 온전한 시간
정제된 빛은 고이고
네가 거쳐 간 흔적들 켜켜이 쌓이며
너의 영혼 또한 일어선다.
영혼이 깃든 흔적 속에서 우리는
시간 채집사採集士,
흔적을 추려 추억을 건져내고
별들을 불러 영혼을 세워내면
시간의 실은 잊혔던 생을 토닥이며 연대기로 오롯이 꿰
어간다.

나의 생은 너로 인해 얽히는 이음줄.

적송赤松의 귀양

수백 년의 생이 잘리어 묶인 채 실려 간다.

민란 주동자의 노끈 묶인 압송인가?

개발의 살육으로 터전에서 쫓겨나는 식구들의 야반 행려인가?

영동고속도로 상행선 새벽 한 시 삼십 분,

트럭에 포승된 신음이 마성터널 속으로 끌려간다.

역사는 밤중에 방향을 정한다.

혹한이 거셀수록 더욱 푸르렀고

바람이 광포할수록 골수 세워 맞섰으며

주어진 터전에 순응하며 척박한 바위틈에서 뿌리를 키워왔다.

허용된 인간의 관용은 거기까지였을까?

숱한 밤 뭇별들의 이야기를 들어줬고

아침이슬 떨구어 대지에 내려줬고

몸뚱어리는 곤줄박이, 박새, 자벌레의 쉼터가 되어왔다.

발꿈치를 들어 땡볕 가려준 정은 송진으로 향긋했었다.

타인으로 확장되는 온정은 모함을 불러오는 걸까?

적송의 푸른 정이 인간에겐 역모가 될 수 있다는 걸까?

골육을 발라낸 저 귀양은 고신拷訊이 만든 역사歷史,

세간살이 없이 부스러진 골수만 동여맨 야반의 별리 길,

　별빛은 눈물로 꼬리를 내리고 대기는 슬퍼 몸피를 낮춘다.

　저 피 묻은 포승줄에 타향 땅 냄새 배어들 때는

　또다시 들키지 말고 튼실한 뿌리 내려

　터 잡은 지구 한 귀퉁이를 푸르게 물들이고

　인간의 덫이 없는 세상에서 살아갈 수 있기를!

　착함도 누명을 만나면 죄罪가 되지만 어디서든

　푸름 잃지 않는 결기는 이 땅의 역사를 푸르게 물들여 갈 것이다.

생명열차

출발하기 전에 우리들의 봉분엔 초유를 뿌려야 해. 아비의 자양분과 소독된 사랑이 우리를 편히 눕게 할 거야. 조명이 사라져야 우리의 생명이 지켜지거든. 요람 위로 시간이 흐르는 동안 외부에 노출되지 않아야 하차당하지 않고 계속 직선으로 갈 수 있어. 어디에 내리게 될지는 몰라도 생의 칸을 한 칸 더 지난다는 것은 희망적이야. 새들이 창가에서 여명을 나눌 때 우리는 이불 속에서 사랑하고 향기를 뽑아서 아침을 키우지. 숲이 익어 꽃보다 진한 향기를 매달 때에 안전한 하루를 맡기고 풍경 속을 지나갈 수 있도록 허락돼 있어. 이 열차를 움직이게 하는 동력은 우리가 할당받은 시의 초침 소리야. 달리는 동안 시계를 최대한 훔쳐내서 칸마다 기다리는 아이들에게 나눠줘야 해. 어둠은 우리를 보호하는 여신, 밤에는 사랑을 도둑질하고 낮에는 깊은 잠으로 무덤을 만들어야 하지. 무덤이 달리는 동안의 평판이나 빛의 권좌에는 신경 쓸 필요가 없어. 그것이 우리들의 생존법이니까. 모든 것을 다 훔쳐내고 가질 수는 없으니 생존과 안전을 위한 전술과 엄폐는 늘 선택과 결과를 감수할 수밖에. 들켜서 시계가 멈추면 또 다른 땅으로 순응하여 내려지고 별리는 눈물 한

방울로 각자의 시계를 닦는 것으로 예를 다하면 돼. 내려진 자의 늑골에 예쁜 꽃이 피어나길 진실한 마음으로 빌면 족한 거야. 신에게서 훔친 시계를 신이 찾아내기 전까지가 우리가 갈 수 있는 거리이며 은총. 시간을 최적으로 사용하다가 마침내 죽음은 곡선 속에 기거하게 되지. 들키지 않고 시침이 도는 것은 각자의 운명과 행운, 시침이 멈춰져 내려지는 것은 순서가 없는 일이고 그 운명마저 훔쳐낼 수 있다면 이 여행은 의미가 없지. 생은 길을 찾아 점으로 피고 곡선으로 지는 꽃차례의 열차, 우리는 이 여행기를 거룩하게 완수해야 해. 밤은 낮에 앞섰던 청각에 시각을 찾아주는 시간, 은하가 길러낸 수천 년 석순을 싣고 어둠의 이력이 달리지. 직선의 시간을 타다가 동·식물이 되어 원의 시간으로 내려서 원점에서 만나 시간의 자궁 안에서 또 다른 생을 얻을 때 다시 살게 되지.

바다 세포

이 섬이 저 섬으로 가기 위해
바다 세포는 퍼렇게 멍들며 담금질한다.

모두에게 스며들기 위해서
더 많이 두드리고
더 철저히 늘려내고
더 촘촘히 걸러내야 한다.

이 섬에서 하나의 아픔이 출렁이면
저 섬에서 수만 개의 찢김이 봉제되어야 하고
갯바위에 수만 번 부딪혀 뭉그러져야
속곳에 달라붙은 추문들을 씻어낼 수 있다.

바다색을 만들기 위해
바닷속에서는 수많은 사건이 일어난다.

물속에 생을 들이고
물속에 길을 터주고
물속에 숨을 내주는 심연의 이랑에는

바다 세포의 희생이 배어 있다.

태양을 품고
달빛을 씻어
노을을 헹구며
품을 넓혀 모두가 건너갈 다리가 되는

바다 세포는
바닷속 골짜기를 메우고
수평선을 드리워가는 어머니의 가슴이다.

중심

흔들림은 존재의 틀,
꽃받침은 절정의 순간에 자신을 툭 던지는
파문으로 꽃을 세운다.

관악산 중턱에 시멘트로 만든 역기가 있다.
누워 청솔 가까이 들어 올리면
역기와 나는 중심으로 오르내린다.
힘에 부쳐 걸이에 놓자,
양끝 무수히 떨리고 내 팔도 같이 떨린다.
중심을 향한 떨림은 중심에 이르러서야 멈춤을 찾는다.

칼바위 둘레 길,
지난여름 태풍에 쓰러진 노송이 중심을 누이고
나뭇가지만큼의 거대한 뿌리를 지상으로 드러내고 있다.
실뿌리에 딸려 나온 중심이 길게 누워 있다.
지상의 푸른 가지와 땅속의 검붉은 뿌리가
서로의 중심을 만들고 있었던 것,
중심이 사라지면 생명은 눕는다.
〉

지상의 모든 생명들은
살아가는 자리에서 곧게 혹은 비스듬히
주어진 중심을 지켜야 선다.
아버지도 그랬다.
아들이 흔들리고 있다.
나도 아버지같이 흔들려야 한다.

생은 흔들리며 중심을 찾는 일,
지구촌 곳곳이 흔들리고 있다.
모두가 살아내고 있다.
흔들림은 안식을 찾아 중심에 가 존재한다.

에필로그 : 여정

　육체의 유한성 앞에 왜소해지지 않기를,
　동시대의 뭇 동행들과 아름다운 순환고리를 이어갈 수
있기를,
　걸음마다 기도하며 가렵니다.

　우리 앞에 펼쳐진 발의 여정들,
　시간의 성찬이 되기도 하고
　붉은 피로 솟구치는 그녀가 되기도 합니다.

　문명의 이기利器가 적송의 한밤중 귀양을 강요하더라도
　생의 연대기에 놓이는 순리는 물길처럼 유장하게 흐르고
　현실과 이상 사이의 계단은 비움의 미덕을 가르쳐줍니다.

　비움으로 빛을 채우는 색의 적요寂寥,
　층을 이루고 공간을 이룬 속내를 깎아내
　만상에서 색을 비우고 순례를 떠나야 합니다.

　그 길에서 우리는
　삶의 황금률을 빚는 방짜 유기장의 영혼을 본받고

수천 길 벼랑을 오르는 능소화의 반류反流를 거두고 키우는

역이逆耳의 소리를 들을 수 있어야 합니다.

힘이
흐르면
산을만나
경전이된다

장예경

붓

햇살, 뜨거운 유필遺筆로 흐르는
너의 정원에서
바람은 무엇을 뒤적이고 있는가?
감각하는 것들에게만 마음 싣는 이는
햇살과 바람의 속내를 알 수가 없다.
너는
언어를 버리고 깎아서
피로써 성탑을 쌓으려는 자,
사이와 사이에는 참 많은 사이가 있듯
너와 사유 사이에는 참 많은 언어가 있다.
하늘과 땅은 너와 함께 태어났으나
너 이전의 하늘과 땅은
이름이 없는 것
공간을 나누어 공유하는 우주 속에서,
의미를 갖게 된 하늘과 땅 사이에서,
너와 나 사이 참 많은 사이에서,
심상의 뜨락을 키우며
쟁기를 종이 벽에 박아 문자의 땅 갈아

영혼 맑게 새겨야 하는 너의 심지

크레바스

원시의 생명수,
누대의 시간으로 달여 신비의 빛으로 숨긴
빙하의 속살이 고요하다.

비바람과 햇빛이 다듬은
자연의 숨길 더듬어
내밀한 비밀 통로를 엿보는 이곳은

수억 년을 단단히 부여잡던
공기와 바람이 빚은 생명의 절리가 만든 푸른 성당,
비췻빛으로 새긴 신의 설법이 고여 흐른다.

파스텔 톤 바다 위
햇살 먹은 유빙
파란 예지叡智를 우주 밖으로 타전하고

수많은 전설과 서사를 간직한
저 깊이는
지구를 갈라 찰나로 말하는 화법이다.
〉

푸른빛의 음악상자인 오로라를
살빛 틈에 가두어 기르는 것은
시류時流가 할퀼 수 없는 생의 미학

영생을 설파하는 크레바스의 저 문장은
부유하는 지구의 뿌리를 지키려는 진법,
순록과 펭귄의 생명 터를 되돌리라는 신호이다

잃어버린 전설

주차장 골목에 우유팩이 널브러져 있고
김칫국물 묻은 플라스틱과 비닐봉지가
담배꽁초에 섞여 나뒹굴고 있다.
서른 살 안팎의 핼쑥한 여인과
남루한 청춘들 비스듬히 앉아서
해찰질하며 핏기 없는 책상을 채우고 있는
쓰레기의 교실,
책상은 있으나 용이 오르던 시간은 죽어 있다.

하늘을 가린 마천루엔 도마뱀이 살고
컴퓨터 인간이 주는 최적화된 양식으로 키워져
골목길의 집 식구들은 오르지 못할 명마를 타고
귀족학교와 첨단 입시공장을 오간다.
괴물은 용들을 낳고 용들은 괴물이 되는 영토에서
도마뱀은 더는 도마뱀도 아녀서 용의 비늘을 달고 살아
가니
용의 이야기는 전설이 될 뿐이다.

어떻게 골목을 청소하고 물길을 되돌려야

개천에서 용이 승천하는 내일이 돌아올까?
밥상머리가 도란도란 이야기를 돌리고,
숫자와 서열을 밀어내고,
따스한 가슴이 호흡하는 기둥을 세우면
사라진 용들이 부화하는 날들이 부활될까?

도마뱀이 도마뱀이 되고
용이 용이 되고
사람이 사람이 되는 날이 오면
개여울은 맑은 생을 품어 기르고
사람의 집은 따스한 온기를 품어 낮아지겠지.

초록 뱀

화장실에 좌불로 앉으면
세속으로 나가려는 것과 몸속에 머무르려는 것이
물고 당기며 싸운다.

행장行裝을 챙겨 일어서면
잘린 초록 뱀도 좌불 되어 똬리를 틀고
하얀 우물 속에서 머리를 치켜든다.

내 사는 동안
내 속에 길렀던 수많은 뱀과
내 밖에 뱉었던 독설과 독기가
얼마나 지독했을까?

거친 이빨로 초록의 생을 잘라
긴 터널로 내려보낸 업장이
저리 단단히 쌓여 초록 뱀을 키웠구나!

세 내준 육신은 육신대로
부대낀 한을 삭히며 독소를 빼내느라

평생 두드림 당하면서 얼마나 짓물러질까?

세 든 영혼은 영혼대로
지상의 동안 뱀의 모사에 수없이 끌려다니며
대기를 어지럽히며 얼마나 많은 죄를 지어야 할까?

잘려진 초록 뱀은
오늘 저 터널 속으로 사라지지만
내 속에 남긴 질긴 인연은 다시 자라나
내일 또다시 파란 머리 치켜들 것이다.

강의 연대기

섬 바위에 흰 눈이 내리는 날 새벽 강가를 돌아가면
하늘에서 씻겨 내린 별의 전설이
바위틈 청술 위에 물방울로 모여 반짝일지 모른다.

지상의 모든 존재는 추락을 위해 태어나고
저 암각의 밑에 추락한 전설은 생의 내력을 숨기고 흐른다.

물의 촘촘한 어간으로 엮는 비문秘文에서 은유를 낳는
유전이 자라났다.
떨어지는 대기를 세어보는 것이 흐르는 생의 질감을 추
론하는 방법임을
물비늘 일으키는 푸른 지느러미를 통하여 알아야 했다.

자리가 역할을 키우고 역할은 능력을 키우므로
가슴속 부레에 내재한 능력은 표출을 위해 생을 찾는
영법泳法,

물의 지문은 높이의 흔적을 남긴 우주의 기호다.

세월은 늙기 위해 태어나고 비밀은 숨기 위해 태어나지
만
늘 기호는 높이를 낮춰 흔적을 보인다.
여름에 겨울을 숨겨놓고 가을에 봄을 섞어놓는 강은
그 시작과 끝에 계절의 꼬리를 감추고 있다.

함정처럼 깊은 곳으로 흘러 생의 비의秘意를 탁본해내
는 강의 주름은
비우며 해석하고 체득해야 할 경經, 앞선 강을 찾는 연
대기이다.

바람의 무늬

묵직한 빛, 거친 바람의 피부는
어릿어릿 까칠까칠한 역사로 속의 결을 키운다.

바람의 형상화는 언어의 형상화를 넘어
더 큰 중심에서야 만날 수 있다.

질식의 역사에서
숨통을 뚫는 절실함과 강렬함의 극한에서
바람은 진실을 드러낸다.

사랑하고 오래 봐야 자연은 속살을 보여준다.

젖은 모래 위에 소리 없이 내린 달빛과
물먹은 모래톱에 놀다간 하늘의 흔적은
바다에서 바람이 키운 무늬다.

자연을 빌지 않으면 참된 마음은 나오지 않는다.

자아의 실체라는 것은 잡히는 게 아니어서

자기 길을 응시하고 가다보면 언뜻언뜻 보일 뿐이다.

모아가면 짐작이 결정結晶으로 남고 힘을 빼야 명료해
진다.

시간 속으로 다시 바람이 분다.

길이 흐르면 산을 만나 경전이 된다

엉치뼈를 만져보았다.
길이 많이 빠져나갔다.

길은
무수한 사연이 새겨진 흔적으로 흐르고

사람은
길과 함께 흘러 산으로 간다.

길에서의 쉼과 흐름으로 깨달음을 만나고
사람의 몸과 영혼은 심줄을 튼실히 키워간다.

길은
울음보다 깊은 강으로 흐르고

사람은
빠져나간 길을 찾아 물소리를 주우며 산으로 만행을 떠
난다.
〉

주어진 자리에서 일생을 참회하는 나무가 있고
오르막 뒤에 내리막이 있음을 보여주는 구릉이 있으나
여러 갈래의 길은 정상에서 하나로 만난다.

잃었던 길 찾은 자연 곳곳에
푸른 경전이 고여 있다.

빠가사리*

생을 푹 끓여 곰삭히면
가시가 사리舍利가 될까?

수초를 헤치고
물살을 거스르며
미끼를 매단 햇살의 유혹을 피해서

지킨 저 창끝은
의로운 정기精氣가 키운 자존심이다.

물속에 있되 물에 섞이지 않는 몸
비늘을 키우지 않는 결기
물결의 의중을 간파해내는 촉수,

영혼은 죽지 않고
그물에 흔적을 남긴다.

비늘을 녹여버린 몸피에
대업의 염원을 끈덕진 체액으로 감싸고 있다.
〉

의기는 푸른 언월도의 날을 세우고
지혜는 긴 수염의 윤기 타고 흐르며
충심은 대춧빛 육신에 서려 빛난다.

운장*의 영혼 하나가 전설로 떠돌다
한생을 곰삭혀 여기 맑은 물에 떨군
사리舍利 하나로 흐르고 있다.

* 빠가사리: 동자개의 방언.
* 운장(雲長): 삼국지, 유비의 의형제 관우(關羽).

빛과 빚

빛이
빚인 그대

내 마음
빚으로 내어드리면

나 맑게 비워져
그대가 들어차고

빚을 되돌려
빛을 채우면

잃어버린 마음이 되돌아와
우주의 생략된 코드를 복기해내고

둘이 하나로 스미어
선線의 경계 사라진다.

하나 됨은

빚을 녹여 빛을 채워
애초의 모습을 되찾는 일

너와 나의 여정이 여기에 머문다.

반성

암석으로 쓰인 땅의 역사,
우리별이 쓴 자서전이다.

마리아나 해구 푸른 물속의 산맥이 지상의 산맥보다 더
높지만
지구가 안전해 보이는 것은
짧은 수명을 허락받은 인간의 착각이다.

지구는 오래 멈춰 있는 법이 없다.
간빙기의 행운에서 쓰인 지구의 자서전에서
우리는 위대한 생존자의 후손,

티끌 같은 행성의 표면에 의지한 지구 여행을 마친 날
후손에 물려줘야 하는 이생에 빚진 자,

북극에 검은 흙이 드러나 보이고
플라스틱 빨대가 거북의 목을 조이면
가이아*는 신열로 땅을 태우게 된다.
〉

지구별 심장뿌리까지 푸석해져
지구행성이 빛을 잃은 사막이 되기 전에
올 풀린 영혼에 실타래를 감아야 할 때다.

아직은 푸른 행성의 자서전,
계속 푸르게 써가며
푸른 자전을 이어가려면.

* 가이아: 대지의 신.

붓의 사색

자연은 보편적인 언어로 존재할 뿐이고
화가는 스스로를 드러내지 않으며
붓은 자연을 옮겨 내면으로 소통한다.

안과 밖을 구별 짓는 창의 소통,
교조적 장벽에 가려진 현상과 진실에 반발하는 양심은
심연에 사색의 뿌리를 키운다.

햇볕을 그리려면 형태를 지워야 하고
안과 밖을 동시에 그리기는 어려우니
빛의 내면을 그려내야 한다.

빈 캔버스에 가득 들어차는 우주,
두려움과 설렘이 담길 영토,
절박함이 곰삭아 경이를 낳는다.

벼린 사색에서 위안을 찾고
붓이 진액을 마시면

색과 빛은 하나로 합궁한다.

에필로그 : 성찰

우리들 모두는 서로에게 빚을 진
빚을 녹여 빛으로 되돌려야 하는 존재,
지구에 빚진 인류,
크레바스가 타전하는 신호에 주목해야 할 때입니다.

잃어버린 시를 찾아
공간과 사유를 나누어 갖는
참 많은 사이에서
언어를 벼리어 시의 성탑을 쌓는 유필遺筆로
잃어버린 전설을 되살려내야 합니다.

연꽃 묻히고 떠나는 바람의 무늬에서
살아가며 흔들리고 찾아내며 맞춰가는
중심이 갖는 대칭을 갖춰야 합니다.

영웅의 결기는 삭지 않고
사리숨利 되어 이생을 떠돌다가
강의 연대기에 존재의 부레를 띄우고
우주의 숨겨진 비밀들을 간직하며 유장하게 흐릅니다.
〉

강이 흐르면 하나의 대양에서 만나고
길이 흐르면 하나의 큰 산정에서 만나듯
부끄러운 껍질을 벗어내고
하나의 성찰로 만나야 합니다.

그럴 때마다 우리는
"내 이름자를 써보고 흙으로 덮어 버리는"* 시인의 가
슴에
  별 하나를 얹을 수 있게 됩니다.

* 윤동주 「별 헤는 밤」 중에서

삶이란 수많은 경계 사이에서
자신을 지켜내고
보존했는일
삶의 경계
사랑의 경계
성숙의 경계를
잇는일

장혜령

뼈 없는 짐승

바람결에 딸려나간 무늬
나뭇잎 속살을 뒤집고
계곡물에 섞여도
시간의 입자로 잘게 썰어내면
드러날까?
잊힐까?

찰나의 바늘일지라도
기억이 시간을 먹으면
평생 가슴속 옹이로 자라난다.

열정이 바늘을 품을 땐
몸은 옹이와 하나가 되지만
몸뚱이가 삭정이가 될 때는
열정이 부식되고
예리했던 혼도 마른 물기처럼 휘발된다.

무늬 잃은 뼈 없는 짐승은 느리다.
〉

이제 혼魂의 뼈를 바늘로 꿰고
사랑의 살점을 도톰히 붙여
영원한 안식처를 회복해야겠다.

버킷 리스트

우주의 자서전을 찾아 읽고 숙성시키며 그려내는 것,
궁수자리 A가 지상에 놀다간 흔적인 크레바스를 엿보
는 것,
달빛이 모래톱에 스며드는 시간을 빼앗아 하늘 위로 걸
어보는 것,
바람과 파도가 부딪칠 때 그들의 정체성을 파보는 것,
누에가 그리는 꿈의 문체를 훔쳐내는 것,
허공의 기울기로 하늘의 심장을 재보는 것,

우주의 심미안으로 사개맞춤을 짜보는 것,

그리하여
그런 생각들을 비축할 수 있는 고비考備를
시의 사원에서 키우는 것,

나의 꿈,
나의 사랑,
나의 시.

문체

너의 속살을 만나기 위해
푸른 피 채우니
~무늬라 하고 ~향기라 했다.

큰 강을 건너기 위해서
한 문장은
물속의 악어에게 제물이 되어야 했다.

흘러간 물의 화석 깨뜨리면
언어는
푸른 피, 맑은 향기로 피어나고

물의 詩 맑게 흘러
제 색깔을 찾는다.

어떠한 강을 건넌다 해도 다시는
내 살점을 떼어주는 일은 없을 것이다.

말더듬이

금지된 동토에서
순록의 말은 빙설이 될 뿐
발굽은 말의 뿔을 포박한다.

천 리의 무게,
대기의 부피에 눌린 눈망울은
말의 출구를 화급히 찾지만
너는 천형天刑의 사원에 갇혀
향수를 곱씹으며
이국의 말에 포획된 크로노스,
거세된 사랑은
뱃속의 씨앗을 삼킨 정신과 물질의 균형추,
수태된 살육을 가르면
질서는 물꼬를 트고
토양은 생명을 부른다.

말의 불에 철자를 녹여
말의 촉수를 키우는
우리는 말의 죄수.

칼

작품 자체가 강렬한 언어가 될 뿐
작가는 언어로 말하지 않는다.
껍질을 깎는 것에 머무르지 않고
본질 속으로 들어가
핵심을 자르고 공유하는 것으로서
근본에 조각하는 칼이어야 한다.
신들의 내밀한 세계를
지상으로 끌어당겨와
예술가의 혼으로 깎는 구도求道의 칼,
네가 가꾸고 깎는 언어는
어떤 칼에 맞닿아 있는가?

허공의 기울기

허공,

담으나
그릇만 보이고
비워도
그릇만 머문다.

우주,

하늘 밖
또 다른 하늘이 감싸고
나의 밖
또 다른 나를 감싼다.

기울기,

생의 독 녹이고
하나로 기울여
무애에 닿으면

하늘은 각角을 세우지 않는다.

경계론

경계는 견딤,
아픔과 기쁨의 교차점이다.
생을 견디고 아픔을 이기는 이곳이
다른 세계로의 환승구이다.

명과 무명의 교차점에서
탄생과 소멸이 팽팽한 샅바를 당긴다.

경계는 서로를 교환하여
서로의 지문을 체득한다.

삶이란 수많은 경계 사이에서
자신을 지켜내고 보존해내는 일,
삶의 경계, 사랑의 경계, 성속의 경계를 잇는 일이다.

톱니처럼 맞물린 우주를 당기는
궤도의 경계가 녹으면 무명으로 회귀한다.

색의 경계, 허공의 경계, 사람의 경계,

우리는 경계의 틈에서 살아내야 한다.

경계의 생명, 경계의 무한, 경계의 사랑,
마디마다 이으며 우리는 경계를 걷고 있다.

정글의 법칙

흰 눈이 그리운 여름 오후
빛은
소리보다 빠르고
울음보다 절박하다.

무거운 것은 아래로 향하고
날개 있는 것들은 허공을 가른다.

나는 것들은 바람을 읽는다.

정글의 생존은
강자와 약자의 대결이 아닌
생명과 생명의 결투다.

한 죽음은 다른 생명의 연장일 뿐,
법칙이 실현되면 질서는 순항한다.

하루살이 날던 하늘과
바람을 다투던 토끼와 매의 들판도 고요해진다.
〉

정글에 흰 눈이 오면 세상은 공평해진다.

사람의 생존도 정글에 뿌리를 두고 있다.

말들의 독법讀法

하늘의 천 뚫리고
물은 실핏줄로 터지고
말은 쓰러지고
그리움은 파랗게 물든다.
도시는 아직도 마른 공기로 들끓고
묻어온 소음은 납처럼 달라붙어 끈적인다.
심장소리는 빗소리를 섞어 말을 덮고
말을 향한 질문은 배꼽을 타고 태초로 향한다.
심장 속에 마음이 열린 날
보고 싶다는 말, 쓰레기로 허공에 빨려든다.
바람만이 잎의 속살을 뒤집어 말하는 게 아니었다.
빗방울의 뜨거움도 잎의 속살을 더 푸르게 말할 줄 안다.
작은 그릇에서 큰 그릇이 나올 수 없고
큰 그릇에서 작은 그릇이 나옴을 말하고 있다.
말을 입힌 시는 몸에 기댄 영혼,
말과 몸은 서로를 잘 받아야 한다.
몸은 늘 말의 배설을 통하여 살고
바람과 별빛이 한밤에 새겨둔 글자는 말 그릇에 담을
수 없고 말로 읽을 수 없다.

투명한 햇살이 비치는 나뭇잎의 발음으로

천상의 기록과 땅의 기록을 함께 새기며 흐르는 것이
말의 음계다.

말에 담긴 무늬는

자연의 가슴을 몸에 덧씌울 때 또렷이 나타난다.

퇴고

커서가 살점을 지워나가고 피난의 섬에 목숨 줄 몇 개
만 남긴다.
함부로 일어섰던 파도가 숨을 고르며 제 파문波紋을 찾
고 있다.
먼동이 데려온 빛을 앞세워 사구沙丘를 넘는 순례의 시
간,
긴 면벽의 말에 설익은 준동이 숙성된다.

정오의 열사熱砂와 자정의 혹한을 피하는 것은 비루한
삶에 남아 있는 추문이다.
도심에 그을린 얼굴들이 푸석함으로 흐르는 것은 포도
鋪道 위로 나뒹군 흔적이다.
맨살로 극한을 담금질하여 돌이 된 나무처럼 시의 사막
에서 이정표로 우뚝 서야 한다.

독백으로 행하는 구도의 길, 갈 수 있는 데까지 가라.
거기서 시가 죽더라도 쓰러진 그 자리에서 별 하나 떠
오르고
시의 넋은 죽순처럼 별빛 향해 뻗어 오를 것이다.
〉

시의 뱃속에 모질게 새긴 언어를 뒤집어 삭히면

육신의 거푸집에서 오욕의 습기가 빠지고 영은 빛나 밝은 문을 볼 수 있으려니,

언어는 자연의 묵언처럼 영생의 소리를 연주해낼 것이다.

예술의 방정식

공空은 모두의 구멍, 혼자만의 구멍이 아니다.
예술은 모두의 구멍에 산다.

예술은 텅 빈 마음 놀이터, 행위의 무목적성과 반복성이
다.
자기 해체로 비운 물성과 정신의 합일을 낳는 일,
표면을 해체한 내면의 속성에 둔다.

빗방울소리, 아이들의 입속에서 나오는 소리, 바람과 강
의 주름이 내는 소리,
그들을 가져와 언어와 색으로 빚는 것이
예술이 걷는 방식이다.

색을 비우고 채우는 난장이다.
환영처럼 어렵고 난해하여 마지막에서야 실체가 드러
나는
예술언어의 색채는 아름답고 깊다.

색은 빛의 가공품이다.

적층은 촉각의 성질을 덜어내는 패턴이요,

언어는 마음을 삭혀 통증을 우려낸 정수이니

수직과 수평의 경계요 보이는 것과 말 듯한 허상이다.

조형언어를 다듬고 조율하는 예술가는 늙을 수 없고

창조의 생명 줄이 굵어지면서 비어 갈 뿐이다.

형태가 같으면 드러나지 않는 법,

온전히 비워낸 다음에 자기 색을 만들고 자기 소리를

빚어야

예술로서 그림이 되고 음악이 되고 시가 된다.

시어詩語

자연의 속살을 헤집어보고
하늘의 숨구멍을 파보는

빛과 색의 파문
언어와 영혼의 수화
허공에서 평면으로 당긴 상흔

물속의 기억을 뭍으로 꺼내면
썩어가는 생선처럼
후각이 산화되는 시각의 정언定言

삶의 진혼이다.

오감이 문드러지고
흘러 퍼지는 우주의 냄새를
발염하는 언어는

현재를 이어온 누대에 전습된 혼령
〉

시의 마음을 들여다본다는 것이
창조 이전의 비밀을 들여다보는 것이 될 때
시는 자연 하나 건져 올린 명화가 되고
언어는 우주로 스미는 풍장이 되고

시는 자연의 심연에 뿌리 하나를 키우게 된다.

에필로그 : 귀결

빛이 소리보다 빠르고 울음보다 절박할 때
나는 것들이 바람을 읽어내듯
삶의 정글에서
바람결에 잘려간 무늬를 찾아 헤매는
뼈 없는 짐승으로 살다가
금지된 동토에서 부피에 눌려 말더듬이가 될지라도

언어가 아닌 작품으로 말하는
진정한 칼을 가진 작가는
비로소 자기 말을 갖게 되는 것입니다.

투명한 햇살이 비치는 나뭇잎의 발음으로
하늘과 땅을 기록하며
말의 음계를 당길 줄 아는 시인이 튕기는
말의 운지법,
화석이 된 문체를 버리고
자신만의 향기로 시를 길러냅니다.

궁수자리 A가 놀다간 흔적을 담아내는

사유의 고비考備,
달빛이 물 건너오는 시간을 길어
허공의 기울기를 잽니다.

수많은 경계를 허물어
자신을 지키고
생의 독기를 헹궈내
하늘이 각을 세우지 않음을 압니다.

그리하여 우리에게 주어진 길을 걸어가는 것,
그것이 우리의 영혼이 흘러가야 할 귀결점입니다.

해설

경계를 넘는 사랑의 아르케
— 정규범 시집 『길이 흐르면 산을 만나 경전이 된다』

오민석

(문학평론가/단국대교수)

1.

이 시집은 물과 바람과 빛과 흙이 어우러져 우주를 이루는 아름다운 풍경을 그리고 있다. 정규범의 작품들은 이 세상의 본질, 근원, 시원, 즉 아르케(arche)가 불, 공기, 물, 흙이라 믿었던 고대 이오니아(Ionia)의 자연 철학자들을 연상케 한다. 제목을 보라. 길이 흘러 산을 만나 경전이 되다니. 그의 시들은 이질적인 것들이 만나, 경계를 넘어 서로 섞이고 스며들어, 거대한 '하나'를 이루는 풍경의 기록이다. 그리스 철학자 엠페도클레스(Empedocles)는 아르케의 4대 원소를 넘어 그것들 사이의 관계에 주목하였다. 그가 볼 때 불, 공기, 물, 흙은 따로 멈춰 있는 것이 아니라, 서로 끌어당기거나(사랑) 서로 밀어내면서(다툼)

142

움직인다. 이 운동성이 세계를 만든다. 프로이트가 본능을 에로스(사랑 본능)와 타나토스(죽음 본능)로 나눈 것도 따지고 보면 같은 이치이다. 에로스가 서로를 당기는 에너지라면, 타나토스는 서로를 분절시키는 힘이기 때문이다. 정규범은 세계를 이루는 이 힘들의 관계, 그리고 운동성에 주목한다.

하늘의 숨결 영접하는 바람
구름의 아들 낳아

늙은 세포 깨우고
먼 생을 하나로 이어
나뉨을 접착한다.

바위를 흙으로 살려
수묵에 초록의 생명 옷 입히니
옹벽 틈으로 숨통이 트이고

침묵의 지팡이에 새싹 돋고
아픔의 생채기에 새살 돋고
터지는 심장에 새피 돋는다.

봄비는 우주의 주기가 흘리는 땀

한생이 천하를 담는 중중무진重重無盡이고

봄의 신열로 앓는 대지의 몽정으로 흥건해진다.
 —「봄비」전문

　이 작품이야말로 정규범의 시 세계를 잘 요약하고 있
다. 바람과 흙과 물이 어우러져 "먼 생을 하나로 이어"가
는 모습은 얼마나 풍요로운가. 그것은 광대무변("중중
무진")의 우주가 "나뉨을 접착"해 뭇 생명의 "숨통"을 열
어 세상을 "흥건"하게 만드는 풍경이다. 정규범이 궁극적
으로 주목하는 것은 '다툼'(엠페도클레스)이나 '죽음 본
능'(프로이트)이 아니라, 그것을 넘어 세상을 살리는 힘,
즉 사랑의 에르케이다. "침묵의 지팡이", "아픔의 생채기",
"터지는 심장"이 다툼의 결과들이라면, 정규범이 눈여겨
보는 것은 그것에 "새싹"과 "새살"과 "새피"를 주는 힘이
다. 그러므로 정규범에게는 모든 다툼도 결국은 '죽음'이
아니라 새로운 '삶'을 향한 과정이다.

　　나를 통하여 세상을 호흡하는
　　…(중략)…

　　죽어서 영원을 살게 된
　　실핏줄까지 스며든 투명한 영혼,
　　태양을 끓인 햇살 담아
　　억겁의 풍장으로 빚어낸 돌,
　　우주의 무게를 가둔 사랑 나무.

― 「규화목硅化木」 부분

"규화목"은 죽어서 오랜 세월이 지나 광물질(돌)이 되어버린 나무이다. 정규범은 이 '오랜 죽음'에서도 "영원을 살게 된" 생명성을 읽어낸다. 그러므로 그가 읽어내는 생명성은 '멈춘 현재'가 아니라 긴 역사성을 가지고 있다. 그가 읽어내는 생명성은 일회적이 아니며 무궁히 반복되고 이어지는 과거이고 현재이며 미래이다.

비가 많이 내린 날
산사 한 귀퉁이 돌아가보면
하늘에서 씻겨 떨어져 내린
별들이 풀잎 위에 피어 있을지 모른다.
…(중략)…
영혼이 깃든 흔적 속에서 우리는
시간 채집사探集士,
흔적을 추려 추억을 건져내고
별들을 불러 영혼을 세워내면
시간의 실은 잊혔던 생을 토닥이며 연대기로 오롯이 꿰어간다.
― 「생의 연대기」 부분

"시간 채집사", "시간의 실", "연대기"라는 기표들이 보여주듯 그에게 있어서 '생명'은 '시간성' 속에서 존재한다. 생명의 잠재성은 시간 속에서 발화(發花)하고 구체성을 획득한다. (풀잎 위의 별처럼) "영혼이 깃든 흔적"은 구현된 잠재성이다. 그는 구현된 것 안에서 잠재적인 것을 거꾸로 읽어낸다. "흔적을 추"리고 "추억을 건져내"는 것, "별들을 불러 영혼을 세워내"는 일이 바로 그 작업이다. 다음의 예를 보라.

> 앞사람의 뒤꿈치가 뒷사람을 이끈다.
>
> …(중략)…
>
> 누나의 길은 서른둘, 차도에서 막혔고
> 형의 길은 서른, 연탄가스에서 끊겼다.
> 누나의 뒤꿈치가 동생을 이끈다.
>
> …(중략)…
>
> 미완의 여정은 끝이 없다
> ― 「발의 여정」 부분

그는 돌발적인 죽음의 서사마저도 시간성의 긴 "여정" 위에 올려놓는다. 죽은 자의 뒤를 산 자가 이어감으로써 모든 "여정"은 "미완"이 되고, 미완이므로 계속 다시 이어진다. 이렇게 죽음을 넘는 생명의 역사성과 지속성 안에서 그는 자연과 인간과 우주를 읽는다.

2.

정규범에게 있어서 생명은 이질적인 것들 사이의 경계에서 피어난다. 그에게 있어서 경계는 사물들 사이의 '거리(距離)'가 아니라 (사물들이) 서로에게로 스며드는 '길'이다. 그곳은 융합과 사랑의 방정식이 불타는 곳이며, 몸들이 합쳐져 새로운 생명이 태어나는 곳이다. 그것은 우주가 가동되는 방식이며, 자연이 움직이는 법칙이고, (인간이 애써 거부할지라도) 사람살이를 지배하는 규칙이다. 그리하여 정규범 시인은 자연 속에서 인간의 윤리를 읽고, 우주의 지배 원리를 발견한다. 그러므로 그에게 있어서 자연, 인간, 우주는 각기 크기만 다른 동심원들이다. 자연, 인간, 우주는 구조적 상동성(相同性)을 가지고 있다.

우주,

하늘 밖
또 다른 하늘이 감싸고
나의 밖
또 다른 나를 감싼다.
— 「허공의 기울기」 부분

인간("나")이 하나의 작은 구조라면, 그것의 바깥에는 그것을 감싸는 구조(자연, "하늘")가 있다. 이 구조의 바깥에는 마찬가지로 그것을 감싸는 더 큰 구조("우주")가 있다. 이 세 개의 구조는 같은 중심을 지닌 원(圓)들이다. 그러므로 이 각각의 구조가 가동되는 규칙은 동일하다. 그 규칙은 경계를 넘어 하나가 되고, 그 하나는 다른 타자와 만나 더 큰 하나가 되는 것이다.

경계는 견딤,
아픔과 기쁨의 교차점이다.
생을 견디고 아픔을 이기는 이곳이
다른 세계로의 환승구이다.

…(중략)…

경계는 서로를 교환하여
서로의 지문을 체득한다.

…(중략)…

톱니처럼 맞물린 우주를 당기는
궤도의 경계가 녹으면 무명으로 회귀한다.

…(중략)…

경계의 생명, 경계의 무한, 경계의 사랑,

마디마다 이으며 우리는 경계를 걷고 있다.
　　―「경계론」 부분

　경계는 상호 간 "교환"과 "체득"이 이루어지는 곳이다. 오로지 경계에서만 "다른 세계로의 환송"이 가능하다. 우주는 수많은 경계가 "톱니처럼 맞물린" 공간이고, 인간을 포함하여 우주 안에 속한 모든 것들은 무한한 경계의 "마디"들을 잇는다. 그런 경계가 없다면("녹으면") 모든 존재는 "무명으로 회귀"할 수밖에 없다. 그러므로 모든 존재는 타자를 향해 있고, 그것과의 융합을 통해 새로운 존재를 만들어낸다. 가령 쉬운 예로, 구름이 모여 바람이 불고 비가 내리는 현상이야말로 바로 이런 경계의 융합 혹은 경계의 변이가 아니고 무엇인가.

　　알 수 없는 시원이지만
　　수만겹 옷깃이 닳아
　　너와 나를 풀어냅니다.

　　신비한 우주 속 맑은 별로
　　하나둘 어둠의 껍질 벗겨내고 다가와
　　서로를 누일 곳을 찾습니다.

　　너를 담는 건
　　우주의 전부를 얻는 숭엄한 월경,

실존의 바탕입니다.

…(중략)…

세상의 주인으로서
영원히 하나 된 너와 나,
언제까지나 사랑과 영광의 도반입니다.
　　　　　　　　　　―「우리」부분

존재는 "다가와 / 서로를 누일 곳"을 찾는다. 존재는 서로를 담으며 그것을 통해 "우주의 전부"를 얻는다. 왜냐하면, 서로 담고 하나가 되는 것이야말로 우주를 지배하는 원리이기 때문이다. 이 우주의 원리에 승복하는 것이야말로 "숭엄한 월경"이다. 경계를 넘어 타자에게 가서 하나가 될 때, 존재는 "세상의 주인"이 된다.

자연과 인간과 우주를 지배하는 원리가 동일하다면, 시를 쓰는 일의 원리 역시 마찬가지일 수밖에 없다. 정규범은 자연의 원리를 노래할 때도 그 안에서 글쓰기의 원리를 발견한다. 자연과 글쓰기 사이에는 유비성(類比性)이 존재하기 때문이다.

새들은 띄엄띄엄 줄을 서서
한 땀 한 땀 여명을 불러오고
바람은 길을 펴 제자리를 찾는다.

길 없는 백지에 문자는 점으로 길을 쌓고
문장은 징으로 잘린 피륙에 두께를 더한다.
푸른 옷을 두른 살결은 엉글어가며 잘 익은 육즙을 채운다.
바람은 사각을 지워 원을 모으고 촉촉한 숨길로 빛을 들인다.

생이 가늘어지는 것은 햇빛이 스며드는 것
바람을 숨긴 빗줄기의 가뭇없는 내력으로
빛과 사랑과 빗물의 언어가 동행한다.

사랑의 습기가 바람과 부딪혀 비가 되면
대지의 가슴팍은 뭇 생명을 품어 기른다.

햇살을 찾아 점이 된 사랑이 모여 선線을 이루면
빛은 형태를 낳고
비가 감싼 바람의 속곳에 비릿한 언어가 이룬 문장이 뜨겁다.

자연에서 얻는 언어는 보드라운 사랑을 낳는다.
　　―「햇살과 바람과 비의 언어」 부분

　습기가 바람과 부딪혀 비가 되는 것처럼 문자는 점으로
시작해 선(線)을 이룬다. 그리하여 "비가 감싼 바람의 속
곳"에는 "비릿한 언어가 이룬 문장"이 존재한다. 정규범
시인이 생각하는 훌륭한 시는 바로 "자연에서 얻은 언어"
이고, 그런 언어는 "보드라운 사랑"의 언어이다. 왜냐하
면, 그것들은 이질적인 것들의 내통(內通)과 합침을 통해

만들어지기 때문이다.

> 섬 바위에 흰 눈이 내리는 날 새벽 강가를 돌아가면
> 하늘에서 씻겨 내린 별의 전설이
> 바위틈 청솔 위에 물방울로 모여 반짝일지 모른다.
>
> …(중략)…
>
> 물의 촘촘한 어간으로 엮는 비문秘文에서 은유를 낳는 유전이
> 자라났다.
> 떨어지는 대기를 세어보는 것이 흐르는 생의 질감을 추론하는
> 방법임을
> 물비늘 일으키는 푸른 지느러미를 통하여 알아야 했다.
> ―「강의 연대기」 부분

"은유를 낳는 유전"은 시의 디엔에이(DNA)이다. 은유란 하나의 사물을 전혀 다른 사물과 교접시키는 언어이다. 하늘의 별이 강의 물방울로 바뀌듯이, 시는 이질적인 것들의 결합을 통해 새로운 의미소를 만들어낸다. 그리하여 "물의 촘촘한 어간으로 엮는 비문秘文"과 시의 언어인 "은유"는 동일한 문법을 가진다. "강의 연대기"와 "은유를 낳는 유전"은 동일한 역사를 가지고 있다.

비가 수묵으로 사선을 칠 때 바람은 속삭인다.

언제나 사랑은
모든 생명 곁으로 낮게 흘러야 스며드는 것이라고.

눅눅한 서풍이 불어오는 날 눈을 감고 은유하라.
바람과 비에 담긴 너의 물집에 물들 수 있도록.
　―「바람을 숨긴 사선斜線에 물들며」 부분

　비는 "수묵으로 사선을 치며" 바람과 속삭인다. 비와
바람은 서로의 "곁으로 낮게 흘러" 스며든다. 그렇게 "서
풍이 불어오는 날", 이 시의 화자는 자신에게 명령한다.
"눈을 감고 은유하라"고. 은유(시)는 사선을 치며 낮게 흘
러 바람 속으로 스며드는 비처럼, 하나의 언어가 다른 언
어 속으로 흘러들어 가는 일이기 때문이다.
　이 시집에는 여기저기에 "자궁"의 이미지가 등장한다.
자궁은 이질적인 것들이 만나 새로운 생명이 만들어지는
공간이다. 그 안에서 모든 경계는 뒤섞이고, 대척적인 것
들은 서로 화해하고 스며들며, 새로운 세계를 키워나간
다. 그곳은 자연이 자라는 곳이고, 사람이 태어나는 공간
이며, 시가 생성되는 장소이다. 이렇게 보면 자궁이야말로
거대한 우주가 아니고 무엇인가.

　팔을 포개고 다리를 말면 자궁 속 유영은 요람,
　호흡 한 겹에 온몸 출렁이며 우주의 해수면이 당겨온다.

외계가 하늘을 굴려 그 속 키우면
어둠이 빛을 모아 속의 구석구석을 데우고,
양수로 씻긴 원형질의 지느러미가 파릇해진다.

…(중략)…

자궁에서 모든 유전이 발아되고 맑게 고인 별뉘 하나 꺼낼 때
다음 생은 맑게 빛나고 족族의 물결은 찬란한 맥을 이어간다.

선이 곡선을 회복하면 공간은 보드라워지는 법,
　—「태동胎動」 부분

그러므로 자궁은 정규범의 시들이 도달하는 마지막 정거장이다. 그곳에서 "유영"하며 그는 자연과 생명과 인간과 시의 탄생을 들여다본다. 점으로 이어진 문장이 선(線)이 되고, 선이 된 문장이 거대한 우주-자궁에서 "곡선을 회복"할 때, 정규범의 시들이 탄생한다. 이 시집의 후반부에 나오는 다음의 시는 우주와 자연과 시가 어떻게 동일한 원리로 가동되는지 잘 보여준다.

우주의 자서전을 찾아 읽고 숙성시키며 그려내는 것,
궁수자리 A가 지상에 놀다간 흔적인 크레바스를 엿보는 것,
달빛이 모래톱에 스며드는 시간을 빼앗아 하늘 위로 걸어보는 것,
바람과 파도가 부딪칠 때 그들의 정체성을 파보는 것,

누에가 그리는 꿈의 문체를 훔쳐내는 것,
허공의 기울기로 하늘의 심장을 재보는 것,

우주의 심미안으로 사개맞춤을 짜보는 것,

그리하여
그런 생각들을 비축할 수 있는 고비考備를
시의 사원에서 키우는 것,

나의 꿈,
나의 사랑,
나의 시.
　　　　─「버킷 리스트」전문

　"한 알의 모래에서 세계를 보고 / 하나의 야생화에서 천국을 보며 / 손바닥 안에서 영원을 본다"던 시인(윌리엄 블레이크 W. Blake)처럼, 정규범은 "달빛"과 "모래톱"에서 "우주의 자서전"을 읽는다. 그는 "누에가 그리는 꿈의 문체를 훔쳐내는 것"을 소망한다. 그런 "시의 사원"이 바로 이 시집이다.

길이 흐르면 산을 만나 경전이 된다

1판 1쇄 발행	2021년 3월 30일
지은이	정규범
캘리그라피	장예령
발행인	윤미소
발행처	(주)달아실출판사
책임편집	박제영
디자인	전형근
마케팅	배상휘
법률자문	김용진
주소	강원도 춘천시 춘천로 17번길 37, 1층
전화	033-241-7661
팩스	033-241-7662
이메일	dalasilmoongo@naver.com
출판등록	2016년 12월 30일 제494호